한복선의 음식 시집 3

복숭아가 열린다

글·그림 | 해정海鼎 한복선韓福善

1949년 서울 돈암동에서 궁중음식의 대가인 고 황혜성 교수의 둘째 딸로 태어났다. 대학에서 식품영양학을, 대학원에서 외식경영학을 전공했으며 약선음식을 공부했다. 국가무형문화재 제38호 '조선왕조 궁중음식' 이수자, 한복선식문화연구원장, ㈜대복의 경영인이자 원광디지털대학교 초빙교수로 활동하며 음식인문학과 시, 약선을 가르치고 있다.
시인이자 미식 작가로 활동하며 「밥하는 여자」 「조반은 드셨수」 「복숭아가 열린다」 등 다수의 시집을 출간하기도 했다.
그 외 「엄마의 밥상」 「친절한 요리책」 「한복선의 우리 음식」 「우리 몸엔 죽이 좋다」 「세계인을 위한 한국 음식」 「약선조리 이론과 실제」 등이 있다.

E-mail: hanboksun@hotmail.com

차 례

1부 • • •

초록 물김치

2부 • • •

영혼의 밥

3부 · · ·

복숭아가 열린다

4부 · · ·

꼬르륵 꼭

1부
초록 물김치

초록 물김치

숲 속 흐르는 냇물 속 초록 피라미 차게 논다
수저로 휘휘 저어 나 안에 넣으니
내 몸 풋것으로 싱싱하다
아작이는 푸른 맛
나는 초록 푸른 수풀

아기 달래듯 다잡고 쪼그려 앉아
끄트머리 하얀 애기총각무 시원히 긁어 주고
초록 깊은 열무 잎, 연초록 줄기
풋내 상처 나지 않게 다듬어 시원히 목욕시켜
살살 소금 뿌려 휘어질 듯 숨 죽으면
잘 키워 낸 내 아기인 양 쓰다듬어 항아리에 앉혀 두고
풀국 엷게 해서 통고추 간 것 소금 간 삼삼한 김칫국 부어 주고
다독이면 제가 크고 삭으며 맛을 내어
볼그스름 초록 열무 물김치 됐다

국수 말아 먹을 때
시원하게 숲에 후두둑 후두둑 비 내린다
봄 여름 가을 겨울 수만 가지 초록 푸른 음식
초록 눈 초록 숨
나 그 안에 그렇게 산다,
그렇게 살고 싶다

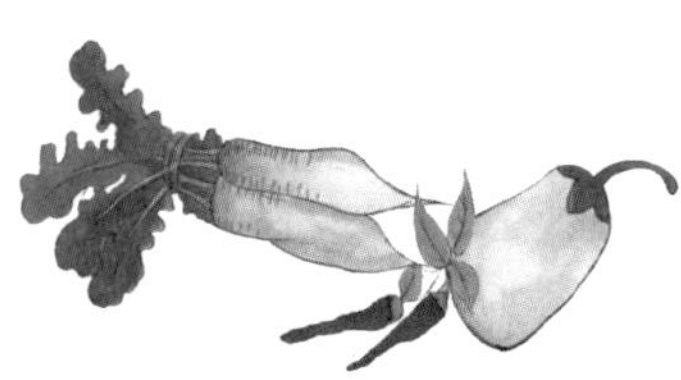

헛제삿밥

한여름 따가운 햇볕에 안동 영양
계절의 뜨거움은 몸을 열매로 익힌다
무거운 고택의 마을, 가신 영혼들
긍휼을 베푸시기 위해 심은 밤나무
숲 되어 침묵으로 웅크리고 있다

유생이 많고 제사가 많았다
원님 부임하여 향불 맛이 배어든 젯밥 맛나게
자시고
매일매일 삼색나물에 고등어자반 상어돔배기
제사 지낸 밥처럼 헛제삿밥을 올렸다
가짜 제삿밥

뜨거운 날 헛제삿밥 집
놋그릇에 제삿밥 삼색나물 산적
감칠맛 집간장에 비벼 탕국과 함께 먹다

늙은 어머니의 노래 같은 옛 음식을 먹는 것은

깊은 침묵을 내 몸에 넣는 것이다

여름 입맛

영주 무량수 솔밭 정갈하게 늘어선 장독대
뙤약볕에 불기운이
간장 된장 고추장 항아리 속 어미 뱃속에서
생명으로 키운다
훈훈히 솔솔 풍기는 익어 가는 장 냄새
천지의 음양이 합하여 삭은 감칠맛
맛내기를 평정하는 조상의 영혼

오래전 영조대왕 승정원일기 속
생전복 새끼 꿩 고추장과 물 만 보리밥에 짠 조기
칠십 중반 바싹 마른 몸의 입맛을 찾으셨다

한여름 한낮 점심상
짭짤한 바다 굴비, 붉은 땅 고추장
세월이 진흙에 물 스미듯 무겁고 지루하기도 하지만
인생은 찰나의 흔들림으로 뜨겁게 맛있다

무거운 수박

뙤약볕 아래 이 밭 저 밭 기어 커 가는 수박
평생 무거운 머리통 들지 못하고
빨간 불덩이 속 까만 새끼들 품고 초록 흙밭 뒹굴고 있다
통통 두드려 보아 잘 익은 놈
통수박 화채 빙하 둥둥 띄워 목마름을 가셔 주고
쩍쩍 썬 빨간 삼각산엔 하얀 설탕 눈 내린다
오줌도 잘 나게 하는 수과(水瓜)
우리들 까망 씨 멀리 뱉어 내 기운 자랑한다

어머닌 종일 굽어 일하시다 어둔 부엌에서 한 끼 반찬
잇자국 빨간 살점 걷어 내고 연두속살 착착 썰어 고추장 맛에
새콤 달콤 아작이는 수박껍질생채 넣은
멍석 위 양푼비빔밥에 식구들 숟가락 꽂으신다
빨간 해는 무겁지만 뜨겁고 차다

사람은 음식

시금치 토장에 넣고 팔팔 끓여 내면 시금치된장국
감자 도톰히 썰어 달착지근하게 조리면 감자조림
깻잎 파랗게 데쳐 양념 넣고 조물조물 무친 깻잎 나물
김 바삭하게 구우면 김구이
음식 이름만 보아도 재료 조리법 어디 자손인지 뿌리를 알겠는데
슬픈 역사가 있는 부대찌개
차마 삼키기 아깝도록 맛있다는 떡 석탄병(惜呑餠)
쌀가루 말린 감가루 잣가루 넣어 찐 폭신한 진자줏빛 설기떡이다
생선 회 쳐 먹고 머리 꼬리 등뼈 껍질 내장 모두 넣고 끓인 시원한 생선매운탕 서덜탕–서더리탕
생뚱맞은 음식 이름도 있기는 있다

사람도 평생 아무개라 불리던 이름
올망졸망 뿌리 있는 족보에 나의 할아버지 할머니
내 손주들 청주 한씨 나주 정씨 평해 황씨 긴긴

날 족보 속에 있다

오늘, 션과 알렉스 손주와 옥수수 젤라또 카츠샌드를 먹고 있다

해 뜨고 달 지고 기쁨과 슬픔의 시간이 어지럽다

밭에 고기

콩 불려 맷돌에 어처구니 돌려 갈은 콩물
솥에 끓여 간수 넣어 살살 저으면
몽글몽글 파란 하늘에 뭉게구름 일 듯
순두부 엉긴다

죄 지으면 콩밥에 생두부 고맙기도 하다
시집 밥상엔 콩장 콩밥 콩국수 고소한 맛
친정어머닌 두부 아니 좋아하셔 내겐 생소했던 것
여자의 입맛 그 집 피에 흘러 흘러내린다

내 친구는 돌밭을 일궈 땅에 엎디어 솟아나는 땀을 주면서
밭고기를 키운다
뿌린 콩 새 먹이 안 되고 비 오길 기도하며
둘러친 망 속 고라니가 밤새도록
군침을 삼키며 넘본다
가을 추수 금싸라기 콩이 오백 킬로는 너끈하리라며

메주콩이 벌써 가마솥에 삶아지고
햇살 쬐는 장광에선 간장 된장이 인정을 피운다

각색단자

검버섯 어머니 손은 꿀에 반질반질 엄하셨다
가지가지 달콤한 작은 떡 형제가 목판에 줄 선다

찹쌀가루 쪄 내서 삶은 쑥 넣고 손바닥을 빨갛게 익히며
새알 만들어 흰 팥고물 둥지에 앉힌다
오랜 비취색의 쑥구리단자, 쑥굴레
은행잎 우수수 떨어질 땐 쌉싸름 노르스름 은행단자 열리고
어둔 밤 하얀 꽃더미 진한 밤꽃 향은 포슬포슬 하얗게 밤단자에 숨고
금강산 바위를 오르는 남자, 그 검은 비로도 같은 석이버섯은
단단하게 바위 맛으로 석이단자에 묻혀 있고
달콤한 대추는 오랜 고목 주렁주렁 대추단자로 걸려 있다

가을은 단풍으로 고운 떡을 익힌다

음식 위에 비단 꽃

장미다발이 화려히 생일을 주고
생명이 꺾이어 향불로 타오른다

오래전 왕가의 잔칫날
좌우 용준에 비단 꽃–채화(綵華)
희고 붉은 오얏꽃에 풀벌레 나비 벌 새 꼭대기엔 봉황이 날고
떡 약반 메밀국수 다식 유자 수정과 금중탕 전유화
침채만두 다식 열구자탕 높은 상에 귀한 음식에는
상화(床花)–수파련 삼색목단화 월계 홍도화가
마른 음식에 꽂혀 빛을 더하다

비단 꽃은 죽지 않고 생명으로 역사 속에 침묵인다

* 궁중채화(宮中綵華)
국가무형문화재 제124호

부잣집 육포

제비꽃 핀 둥근 만삭의 흙집 부모님 산소 앞에
"한 그루 소나무와 같이 늠름하고 티 없는 모습이여
오늘도 산을 오르고 있을 그리고 언젠가는 다시 만날 우리의 벗이여"
근 오십 년 전 고2 지리산 등반 때 간
내 오빠의 비문
들꽃 덮인 하늘 향기 아래서 사남매
술 한잔에 엄마 표 육포 올리며
죽으면 여기 양지바른 흙집 속에서 옛날처럼 올망졸망 함께 살자 한다

까무스름하고 윤기 나는 육포
쇠고기 우둔을 옆으로 넓게 썰어 단간장물에 주물주물 해서
채반에 널어 햇볕에 앞뒤로 꾸덕이 말려 참기름 발라 살짝 구워 먹나니
어머닌 육포는 두툼해야 부잣집 육포라 하셨다

나는 두툼한 육포를 씹으며 행복한 부자가 되다

탕평채

조선조 영정조 때 회연에 올랐다
새콤한 묵무침
탕탕평평 다툼 없는 세상사

조용히 받쳐 주는 아우러짐
하늘하늘 투명한 보드라운 묵
새콤한 맛 세상눈을 뜨게 하고
모란꽃처럼 크고 화려한 빛과 소리를 내고
백성을 아우르겠다고 세월을 다 보낸 뒤
역사는 흘러 말은 잊었지만
힘과 꽃 더불어 화려했던
그날의 기억을 내려놓고

우리 집 식탁에 하늘하늘한 노랑나비 흰나비 되어
봄날 행복을 만든다

까마귀밥

약이 되는 밥 검은 밥
까마귀 까악까악 궁으로 난다
구중궁궐에 무슨 일이 있다
보은의 기일이다

정월 대보름 쥐불이 훨훨 타고
농악대 이 집 저 집 삐리삐리 놀아 주며
풍년을 빈다

찹쌀 고두밥 지어 대추살 황율
꿀 참기름 진장 버무려
질 밥통에 담아 중탕하여 무르게 찐 약밥

떡집에 네모반듯 약밥
쌀알이 잘려졌다
어머닌 심성이 험하다 하시며 둥근달로 만드셨다
둥근 맘 고운 맘
달 속에서 환하게 토끼가 방아 찧고 있다

김구이

가두리 김 훑어 모아 발에 널어
소금기 짠 땡볕에 말리니
깜장 빛 윤기가 잘잘 흐른
김 되다

시집 간 서울 새댁 다락에서 내려 주신 보물 김
한겨울 움푹 팬 울뚝불뚝 흙덩이 박은 바닥
아궁이 잔불 화로에 담아 석쇠 올려
두 장씩 겹쳐서 파르스름 구운 반질한 김
찬가위로 네모반듯 잘라 성냥 꽂아 날지 않게
진지 상에 올린다

솔가지 타는 매캐한 추운 부엌
가마솥 뚜껑에 흐르는 밥 눈물 부뚜막에 고이고
새댁의 스웨터에 김 구운 참기름 냄새 고소하다

증편

보풀린 폭신한 술 떡 잘 쉬지 않아 여름 떡

쌀가루에 막걸리 설탕 넣어 따뜻이 두면
부풀어 취한 반죽
채반 위에 얹어 찌면 증편 기주떡
작은 종지에 찌면 방울증편
석이채 대추채 비늘잣
하얀 눈밭에 뿌려진 교태들 동산 위 들꽃 밭이고
맨드라미는 빨간 잠자리 되어 구름 위로 난다
매우 예민한 어려운 떡
단단한 떡이 됐다면 배움의 부족
부풀음의 진리는 작은 구멍들에 있다

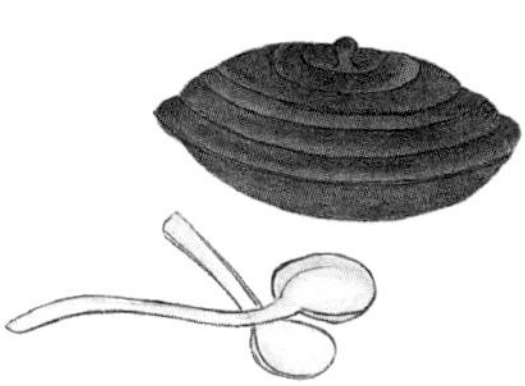

감동젓

소금에 절여진 곰삭은 곤쟁이젓 아주 작은 자하
새우젓
자잘하게 썬 무에 낙지 생굴 밤 고춧가루 버무
려 익힌
해물 감동젓무김치
맛나서 밥도둑 오명 쓰며
입을 벌리소 자아 밥 들어 달큰한 입 속
오늘 저녁 춘향가 속 이 김치가 호사라면
감동젓에 물만밥은 어떠리오

인삼차

쌉싸름하고 달큰한 뜨거운 차
원기를 돋고 마음을 다스린다

인삼에 대추 몇 알 둘의 합정이 오묘하다
태양과 노을의 평생
꽃은 졌지만 심지는 굳고 쌉쌀 달콤함
감싸 안은 한잔의 인삼차 속에 내가 있다

도슭*

경회루 연못 물결이 별빛 달빛에 잔잔히 흔들린다
경복궁 궁궐 담 안을 걷다

홍예문을 통해 근정전에 관직을 받아 보고
궁중음식을 장만하던 소주방의 중정
그림자 드리운 달빛 아래
고요히 춤과 국악이 흐른다
각방에 차려진 유기합 도슭에 궁중음식 12첩
각자의 소반에 올려졌다
따끈한 민어지지미 새콤한 탕평채 달큰한 전복초
두드려 구운 쇠고기구이 너비아니
따스한 전유화 오이송송이 더덕구이 꼬치에 꿴 고기산적
수련차인 황련다 내의원의 따끈한 약차다

청사초롱 발아래 밝히며 왕후 되어 교태전
후원의 아미산 자경전꽃담 십장생 굴뚝의 섬세한 아름다움

침전인 집경당 함화당 연못 속 정자 향원정
옥처럼 귀한 보물 책이 있는 고종의 서재 집옥재
경회루 누각 은은히 고즈넉이 흐르는 국악독주
에 빠지다

멀리 서울성곽과 빌딩숲 불빛 안에
내 누구인가 언제 적 사람인가
꿈속이다

* 도시락의 옛말

반양식 김장

떡 벌어진 진수성찬에 뭔가 허전하다 했더니
밥상의 주역 김치가 안 올려진 밥상
좋은 날 보고 싶은 자식 빠진 듯하다
흙에서 한세상 산 배추 무 다듬고 절여서 양념하여
남자들이 땅 파서 묻어 둔 큰 독 작은 독에 통배추김치
깍두기 동치미 총각김치 담아 두면
어머닌 자궁 속 아가 잘 건강히 태어나길 소원하듯
조용히 맘 쓰며 기다린다

하늘의 온기로 다독이며 익어가는 작은 생명들
품성 좋은 사람 같은 삭음 김치
오늘도 어머닌 자식 키우듯
겨울 반양식 김장을 한다
건지 국물 그리고 뜨겁고 차갑게 차려진
우리 밥상에 김치가 안주인이다

동지 팥죽 뿌리다

2012년 12월 22일 동지
밖은 매우 춥고 눈이 오고 있다
풍년 작은 설이다

옛날 그랬듯 달력 챙기고 팥죽 먹는다
천지에 음기가 꽉 찬 오늘 검은 밤은 줄고
숨었던 양기 환한 낮
노루 꼬리만큼씩 길어진다
차면 기우는 자연의 음양 이치

붉은 팥 푹 삶아 내려 쌀 넣고
새알심 옹심이 넣은 팥죽
잡귀 멀리하고 늙지 않고 잔병 없다고
할머니 그의 할머니 그의 어머니 말씀
두레반 위 구수한 팥죽 찡한 동치미
이 집 저 집 기둥 대문에 얼어붙은 붉은 팥죽
내리고 내림의 팥죽
든든히 집을 지킨다

2부
영혼의 밥

그래도 앵두

효창동 집 마당 구석 거미줄에 맺힌 이슬
빨간 앵두 조롱조롱 긴 가지에 늘어지고
쪼그린 할머니 하루 종일 딴 앵두 양재기에 있다
음력 오월 오일 양기가 가장 왕성한 단오절
천신제에 제일 먼저 오른다

친구 집 훑어 따 온 귀한 앵두알
한밤중 상할까 푹 삶아 설탕 넣고 졸인
반짝 반짝 빠알간 앵두청
아침마다 빵 요구르트에 얹어 먹고
물녹말 넣고 졸인 발그스름 하늘한 앵두편
오도독 밤 위에서 새색시처럼 바르르 떤다

벚나무 열매, 버찌 체리
우리 닮아서 씨가 크고 자잘한 토종 앵두
앵두나무 밑 작은 청개구리가 팔짝 뛴다

배추밭

넓은 초록 벌판
하늘의 보살핌과 농사꾼의 피땀
동업으로 이루어 낸 장한 힘
줄 맞추어 선 당당함
힘듦의 눈물의 시간 끝에 감사가 보인다
뜨겁게 쪼이는 볕에 목말라 울고
찔끔 오는 소나기가 속을 녹이고
끝없는 장맛비에 흘러내리고
함께 살자는 애벌레들 가엾게 긁어 먹고
쇠줄 울타리 뛰어 넘는 고라니 온 밭을 헤집고

밤낮으로 험난한 산 넘은
푸른 배추밭

고춧잎나물

가을볕에 널어 둔 빨간 고추 위에
고추잠자리 어질어질 매운가 보다
서리 오기 전 고추 따고 걷은 고춧잎
살림 재미에 맘이 바쁘다

파랗게 삶아 설컹 짜고
줄기 골라내고 널어 말려 장아찌 김치 밑반찬 장만하고
한 줌 덜어 무친 고춧잎나물
맛난 장조림간장 고소한 깨소금 훌훌 털며
바락바락 뽀얀 물 나게 가빠지게 무쳐야 맛나다

감각의 예술로 음식을 만드는 어머니
평생 동안 밥상에 작품을 올리시다
어르고 달래며 감싸 안아 키운 자식들
세상에 장하게 올리셨다

어머닌 부엌에서 동동이며 굳건한

한 집안을 세우신다

천진암 공양

초파일 지나고 깊고 높은 바위산 밑
오색등 그림자 내리고 고요한 정적
바람 일어 구름 아래 숲 흰 꽃 방석 되어
이리둥 저리둥 여유롭게 흔들린다

아기동자 같은 비구니스님 조막만 한
손에 묻은 부처님의 맑은 삶
초여름 백양사 천진암 산사의 공양에
산만큼 큰 묵묵한 절을 올린다

고추감자김부각, 치자당귀밥
등겨된장쌈 뽕잎상추나물 방아잎장떡 능이콩나물국 우엉구이
풀 먹인 하얀 무명천에 올려진 들꽃 수저받침
어릴 적 보던 포르스름 사기그릇에 초여름을 담으시다

아침 공양은 흰죽에 가죽잎 재피 매실장아찌

적음의 풍요가 참으로 온다

봄 나박김치

봄이 온다
매화나무 까만 둥치에 생명수액 올리며
분홍 매화꽃 희망할 때
볼그스름 꽃물김치 밥상에 피운다

바람 들지 않은 무 나박나박 썰고 노란 속대
실고추 파 마늘 생강채 살살 버무려
얌전히 볼그스레 고춧물 부어 두면
미소 지며 끄덕이는 삼삼함
새순 돋은 파란 미나리 향 가득한 나박김치

산들에 춘설이 흩날리며
얼음 깨는 물소리 세월이 간다

약 대구

긴긴 겨울밤 술참으로 약대구포를 드시던 우리 아버지
가물가물 멀어져 가는 먼 겨울 속

한겨울 입이 큰 생선 대구
통영 앞 바다에 장대 세우고
아가미에 새끼를 꿰어서 춥게 얼말린다
옛날 우리 집 눈발 속 빨랫줄에도 약대구가 건들건들
어머니는 큰 대구알 이리 고니를 큰 입 아가미 쪽으로 끄집어내어
그 속에 간장을 그득히 부어 간장이 살에 스며들도록
꾸덕꾸덕 오래 말리셨다
발그스레 쪽쪽 찢어지는 약대구포
아버지가 약주를 드신다

눈꽃 백설기

봄눈이 바람에 난분분 날리는 창밖
산에 나무에 하얀 눈꽃이 눈부시게 피었네

쌀 씻어 일어 빻은 촉촉한 흰 가루
섣달 그믐밤 야광 귀신을 속이던 굵은 체에서
눈부신 흰 눈 되어 내린다
시루에 쪄진 백설기
애기들 백일 때 해 먹는 생명 떡
첫 번째 잔치가 따끈하다

떡 찌는 김이 봄눈을 녹이는가
산나물은 눈 속 땅에서 파릇파릇하고
봄새는 산속 안개 속에 부산히도 즐겁다

텃밭 상추

여름철 어머니 텃밭 상추 졸음으로 나른하다
날된장에 풋고추 상추쌈
새콤한 간장국에 어린잎상추 넣은 냉국
고추장에 쓱쓱 비빈 양푼 상추비빔밥
푸른 상추 잎 따고 따서 먹다가 대궁에 꽃피면
툭툭 두다려
밀가루즙에 지진 상추대궁적
빗속에 바작바작 누릇이 구워지면
병아리들 암탉 옆에 짹짹인다
친구들 부르는 찌르르 매미소리
아이들 물장구 소리 계곡이 시끄럽다

영혼의 밥

조왕신이 부뚜막 시렁에 손을 펴서 집안에 안녕을 기도하고
아궁이 솔가지 빨간 불꽃이 대답으로 탁탁 튄다
큰 가마솥 물은 용솟음쳐 끓고 작은 솥단지에 구수한 된장국
가마솥 뚜껑을 비집고 흘러내리는 이 뽀얀 밥물은
살아 있는 진국 부글부글 피워 넘치며 밥알은 통통히 보약으로 익는다
누르스름 누룽지 눌린 입쌀밥 푹 뜸 들면
부뚜막을 올라타고 잘 퍼진 밥
주걱으로 살살 퍼서 어르신 주발부터 고만고만 아이들까지
고봉으로 담은 밥그릇 식구도 많다
한겨울 뒤늦은 식구들 아랫목 이불 속에 파묻어 두었던 밥
들꽃처럼 키워진 아이들 요란히도 춥다고 제낀 이불 속 주발
훌러덩 발길에 채여 어머니의 꽃밥이 웃고 울고

야단이다

어머닌 우리가 그렇게 예뻤을까
시집 부엌은 까마득히 멀게 가고 밥 냄새는 아지랑이로
어지러이 날고 있다
어머니의 쇠솥이 녹슬고 불꽃이 지면서
식구들은 고깃국에 말은 설익은 밥처럼 가난하다

김칫국

밖에 날씨가 영하 10도
창문을 꼭꼭 닫고 김칫국이 끓는다
새콤하고 시원한 멸치바다 냄새
솔솔 새콤함이 올라 꿀꺽 침 삼킨다
꽝꽝 언 전쟁복구 영등포 김칫국

구공탄불 위에 끓는 물 스며든 양은냄비 맛
아직도 아리다
유리창에 뽀얀 김 오래된 손으로 문지르니
까마득한 그때 슬피 보인다

쿰쿰한 뜨거운 김치국밥 한 사발
평화롭고 편안하다

고사떡

음력 시월 입동 소설
가장 높은 달
마구간에 시루팥떡
비나이다 비나이다 고사 지내고
감 대추 밤 저장하면
첫 서리 와도 걱정 없던 옛날

멥쌀가루 소금 설탕 간 하고
귀신이 무서워하는 붉은 색 삶은 팥 얹어
무쪽으로 시루 구멍 막고
푹 쪄 낸 시루팥떡

동네마다 풍년 잔치
추운 겨울
등 따숩게 군불 때고 허리 편다

오늘의 요리

오늘은 뭐 해 먹지? 뭐 먹지?
모두의 화두
티비 방송 오늘의 요리를 하다
매일매일 다른 음식
사계절이 있는 우리나라
재료가 시시각각 달라 많은 음식을 선보이면
그날 한 음식의 재료가 장안에 동이 난다

방송국의 요리 프로는 88년도 앞뒤
그 시절도 성큼 갔다
멋진 부엌도 없이 나무상자 안에 브루스타를 넣고
방송 도중 불이 붙었고
번지르르한 땀얼굴 내 마음대로 앞뒤 멘트하고
시간에 쫓겨 다 통과, 통과

음식은 나만의 조화를 만드는 예술
이제 방송보다는 우리 집 밥하는 재미 들었다
내일 손주가 온다

도시락

등교해서 책을 꺼내면
양은 도시락
김치 국물이 책을 적셔
벌거니 축축하고 마르면 쭈글쭈글
친구들은 대개 그랬다

내 도시락 찬은
어머니가 좋아하시는 우엉볶음
책은 기름으로 멱을 감았다

그때 비닐봉투가 있었으면
책들은 수난을 겪지 않았을 텐데
오늘도 밥상을 정리하면서
비닐봉투 찬사다
만사해결

요즘은 학교에서 밥 준다
책의 수난은 끝났다

폐백대추

창덕궁 담 밑
궁중음식 연구원에 대추나무는
몇 년째 링거 병을 꽂고 아파하면서
죽있나 히면, 여름 다 와서
까만 가지에 연두 잎
아주 늦게야 열매 힘겹게 맺는다
툇마루 가을 햇볕에 널어진
조글조글 붉은 대추

시집갈 때 폐백음식
실한 대추 골라서
술에 하룻밤 버무려 통통히 부풀면
빨간 구정 뜨개실에 길게 길게 꿰어서
팔각 목판에 밤 깔고
그 위에 돌려 돌려 높이 쌓고
사이사이 솔잎에 꿴 잣솔 뭉치로 장식한다

새색시 치마폭에

아들 주렁주렁 많이 나라 던져 주며
첫날 밤 그 대추 먹으라 이르신다

서양식 하얀 면사포 쓰고
시집갔지만
폐백대추 치마폭에 있다

콩두부

수송동 골목길 두부장수
두부사~려 비지 사~려
식구 많아 매일 한 판씩 사니 맛돈 주지 않고
외상 장부에 올려 한 달 모아 계산했다

고소하고 부드럽고 연하고 말랑한
비지 순두부 목판두부 연두부
오늘 저녁은 돼지고기 넣은 매콤한 두부찌개 끓일까
김치에 싸서 먹을까
양념장 얹어 먹을까
두부는 부침 찌개 보쌈 요리조리
뻣뻣하지 않은 사람처럼 잘도 어울린다

옥수수

강냉이 알이 굵어지는 장마에 쓰러진 옥수숫대 바로 세우니
암술 수염 밑에 달린 옥수수
개꼬리 수술 덕에 알알이 박힌 치아 곱게도 났다

바로 딴 옥수수 솥에 푹 삶으니 달큰한 맛 말랑해서
울 아기 오물오물 하모니카 불며
작은 잇새에 낀 노랑 보석
너무 귀여워 절로 웃음 난다

가난의 슬픔에 눈물이던 옥수수
도시에 날씬한 아가씨 옥수수수염 차 들고
부종 내린 나방처럼 가볍게 날아다닌다

도다리쑥국

시가 써지지 않은 겨울을 지나
봄 바다에 왔다
세 개의 물결이 만난다는 삼랑진
철교와 분홍 벚꽃 어릴 적 짙푸른 바다
쿰쿰한 김치 냄새가 돋는다 먼 기억이다
푸른 바다에 갈매기가 높이높이 하얗게 난다

좌광우도 눈은 오른쪽 납작한 싱싱한 도다리
맑고 고소하고 뜨겁게 시원히 끓여진 흰 살 생선국
봄 섬의 짙은 향 애쑥이 듬뿍한 도다리쑥국
깊은 보양이 몸과 맘에 든다
난도질된 도다리회 가시가 조심을 주고
웃음이 나오게 생긴 작은 참꼴뚜기라는 호래기
새콤 매콤 달콤하게 초장에 찍힌다
자연의 봄을 음미하는 즐거움의 시식

봄 산천에 풀벌레 꿈틀 피라미들 쏜살이 청정을

즐기고

마당에 병아리 강아지들 양지에 따스히 구른다
학교 운동장 분홍 진달래 노란 개나리
단발머리 친구 호랑나비들 훨훨 날고

삶이 흐른다

화전놀이

산천에 새싹이 움트고 분홍 진달래 화사하다
부모님 산소 곁 매실 맺으려 하고
어미 산새 새끼들 입부리에 먹이 주려
행복인가 크게 숨 쉬며 바쁘다

찹쌀가루 곱게 내어 말랑한 반죽
동글납작 번철에 말갛게 지져
참꽃 곱게 수놓아 달콤히 꿀 적시니
솥단지 걸고 화전놀이 하던
어미들 꽃색시로 피고
계곡에 차가운 얼음물 쫄쫄 흘러내리며
꽃을 피운다

봄밤 식탁

산벚꽃 떨어진 후 일주일 간 찻잎이 참맛이라
단맛에 쌉싸름한 향이 흐른다
오백 년 전의 구름같이 포근한 달항아리 보며
손으로 빚은 찻잔의 전이 내 입술에 붙는다

투박한 아홉 번 옻칠의 소나무 큰 상 위
조물조물 무쳐진 취 달래 산미나리 머위 쑥 양념 적게
두릅 개두릅 낙지숙회 오독이는 해삼초회 뽀얀 조갯국

들 산 바다에 봄이 왔다

3부
복숭아가 열린다

홀씨 고사리

태초에 하늘과 땅
일이억만 년 후 고사리 공룡이 화석 되다
늦봄 들판에 홀씨로 산 고사리
우리나라 홀어머니의 힘을 본다

연한 순 꺾어 말려 불려 삶아서
다진 마늘 청장 간간히 무쳐 볶아 푹 뜸 들여 낸
고기반찬 같은 오랜 묵은 나물
최초의 식물 갈색 빛 고사리
오래오래 동굴 속 탐색처럼 씹힌다

1968년 제주 서귀포 친구 집
그 어머니 화산재 묻힌 귤밭 가꾸시고
밭 한 귀퉁이 똥돼지도 홀로 자식들 억척스레 키우셨다
고기 삶고 밀가루풀 넣어 걸쭉하게 끓여 주신
한라산 구수한 고사릿국
큰 양푼에 고사리 버섯비빔밥 맑게 끓인 옥돔국

이국의 제주 밥상
우리 친군 지금도 그 제주엄마 같다

길경차

영원한 사랑
심심 산천에 백도라지
초롱꽃 보랏빛 흰 꽃이 만발(滿發)
더 아리고 시리다

창밖엔 첫눈이
소리 없이 소복이 쌓이고
돌솥에 길경차
가슴 병을 낫게 한다는 도랏차
사랑으로 끓고 있다
멀리 있는 우리 딸 추운 가슴 녹이고
보고 싶어 시린 마음
김 속 하얀 세상이 있다

떡고물

밖에는 눈이 오고 있다
새벽 지하철 6번 출입구 굽어진 떡장수 할머니
노란 콩고물 묻힌 비닐봉투 속 인절미
이천 원이다
할머니 어젯밤 수고에 비해 너무 싸다

비나이다 비나이다
꿈같은 세상 방방곡곡 철철이 떡이요
자신만만 세상사 누워서 떡 먹기라는데
할머니에게 떡고물의 행운이 쏟아지면 좋겠다

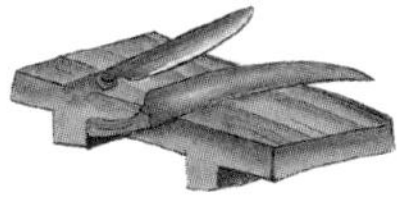

아버지 콩볶음

청주 한씨 양절공파 나의 할아버지
근검절약 농사 과수원 하시며
약장을 갖고 멍멍 개 짖는
소리조차 들리는 않는 깊은 가야산 속에서
몇 날 며칠 보약 다려 식구 건강 지키셨단다

칠십여 년 전 서울 유학 고모에게 보낸 옛 아비의 서찰엔
땀 날 때 바람 향해 서면 감기 들고
여행은 지식을 넓혀 주니 수학여행을 허락하시며
입학에 입고 갈 동생 교복을 좋은 감으로
품을 넉넉히 맞추라는 자상함
지금도 그의 딸 92세 고모는
동의보감 속 환약을
조카인 우리들에게 지어 주신다

한밤 꿈에 그의 아들 나의 아버지가 편치 않다며 누우신다

그날, 어제 나는 나의 고향에 갔다

덕산읍내 시장 입구에서 막걸리에 많이 취하신 아버지를 봤다

'한 선생 너무 취했네'

노르스름 절은 갈치자반을 새끼에 묶어 들고 계시다

가야산 자락 높은 집에 홀로 오르시는 쓸쓸한 아버지

자잘한 콩 볶아 장에 버무린 딱딱하면서도 짭짤했던 아버지 콩볶음

45년 전 분홍빛 목백일홍 화사하게 핀 바위 아래 앉은

결혼하면 서로 존경하라셨던

아버지가 보고 싶다

낙지볶음

으스름 저녁 복숭아밭 많던 소사
차장이 오라잇 양철 버스를 꽝꽝
울퉁불퉁 흙먼지 날리며 술도가집에 오면
시큼하고 이지러운 막걸리 냄새가 피워 온다
옥색 요강, 자리끼가 꽝꽝 얼던
신혼 때 건넌방 어두운 아궁이 연탄불에서
그리운 어머니가 노랑 양은냄비에
가무스름 달큰하게 낙지를 볶아 주신다

내게 아득한 꽃피는 신혼
그 집 문으로 동트는 아침이면 무거운 함지 이고
아이를 들쳐 업고 오던 소래포구의 아줌마
내겐 움직이고 팔딱이는 새우 낙지 꽃게만 보였다

그때 눈부시게 햇빛을 쫓던
대청 넘어 들창 밖의 반짝이던 해바라기가
오늘 장맛비 속에 쓰러져 무거워 울고 있다

내 마음에 세상이 눈뜨나 보다

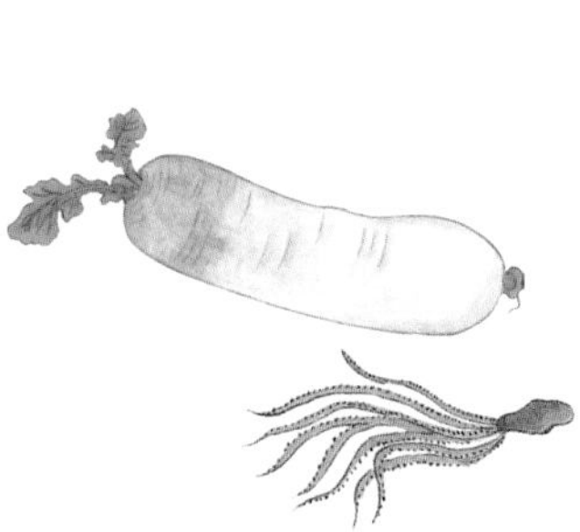

복숭아가 열린다

뜨거운 올 여름 복숭아나무
맛있는 천도로 주렁주렁 걸려 있다

나의 어머니 황 선생님은 만삭으로
가을소풍 도시락을 준비하던 날 나를 낳으셨다
엄마 없는 소풍 갔고, 매일 엄마가 일찍 오기를 기다렸다

나는 해산 후 샤워를 말끔히 하고 찬 얼음물을 마셨다
서울서 온 미역으로 사흘 만에 퇴원
내가 끓인 시카고 미역국으로 축하를 했다
아가가 아가를 낳았다고 어머니가 안쓰러워하셨다

내가 할머니가 된 어느 날 손주를 바구니에 담아
해산한 딸을 데리고 병원에서 나온다
딸아이는 엄마가 됐다 아기가 아기를 낳았다 나처럼

나는 무릎을 꿇고 감사의 눈물을 흘린다
잘 익어 가는 나의 복숭들을 껴안고

나무꽃

어머니 꿈속에서 태어난 나
목화밭에서
쌉쌀 달큰하고 퍼석이는 배고픔의 초록 올다래
뜨거운 여름 하양 보리 꽃 피고 지나
여물어 익어 터져
흰 수건 쓴 어머니 동구리에 하얀 솜꽃 가득하다

고추보다 맵다는 시집 백년 혼수 이부자리
갈라진 가난한 손 한 해 두 해 모은 나무꽃 아가인 양 다독인다
혼례 큰상엔 목화씨기름 두고 솥뚜껑에 지져 낸 생선고기호박전 지짐누름적
빈자떡 고소히 부치고 조약돌 같은 앙증맞은 주악
누에고치마냥 부풀린 강정 목화씨 기름 안에 동동
고소한 냄새가 담장을 넘는다

돌아오지 않는 세월
가을 뜰 안에 하얀 꽃은 검은 솜꽃 되어

덜커덩 덜커덩 솜틀집엔 어머니의 가슴 소리
엄마 닮은 하얀 목화꽃으로 다시 태어난다

어머니 10주기

효도라 새겨진 비석 아래
돌아가신 지 10년째 어머니, 아버지와 옆옆 누우셨다
따뜻이 덮어 드린 풀잎이 벗어져 봄엔 함께 다시 덮어 드리련다

오늘 눈부신 겨울 청청한 하늘 아래
제사를 올리다
술 과일 육포 녹두편 약과 그리고 궁중음식 제자들의 솜씨
삼색나물 고기 닭 조기구이 등 목제기에 올리고
개구리들처럼 굽어굽어 절하고
보고 싶고 훌륭하다 개굴개굴 울며 칭송 드린다
어머닌 두부를 싫어 하셨다며 차게 식은 두부적
청개구리 자식들 더 고소히 음복한다

떠났던 사람과 돈이 돌아온다며 평생 개구리 모으셨던 어머니가

조용히 땅속에서 우리를 본다
둘러쳐진 새소리 가득한 풀숲의 푸른 싱싱함이
허공 속 아지랑이처럼 한가롭고 따스하다

천국의 눈

한여름 더위 속 어디에 찬 기운이 있었던가
음양의 조화로 먼 님을 만나 맺은 인연
쌀쌀해지는 가을비 아쟁의 소리처럼
뚝뚝 가슴으로 떨어진다
아파트 뒤뜰을 내 정원으로 가꾸는 친구가
물렁이는 은행을 우려서 말려 선물로 준다
한 알의 소중한 열매 아름다운 사람의 자식처럼
따뜻하고 부드러운 손길로 쓰다듬다
우유 종이통에 조금씩 담아 전자레인지에 넣으니 탁탁 터지는 소리
깜짝 놀라 입을 열은 구운 은행알
녹색의 반짝이는 천국의 아이 눈 같다

쌀

빛과 어둠을
논밭에
천고(千古)부터 비추면서
하늘에 비 내림
천하를 고루 적셔
쌀알은 익어
삶의 중앙에 영원하다

팔십팔 번 농부의 손길
허리는 휘고
얼굴은 까마스름 반짝 윤이 난다
농부는 자식을 키우며
자식의 먹이를 키운다

고추 항아리

손을 많이 타는 아이 바람에 쓰러지고 볕에 화상 입고
장마에 녹아나고 병든 친구에 민감한 고추
빨간 고추 키워 냄은 허리 굽은 어머니의
맵고 붉은 울음이다

매캐한 쑥대 연기 속 여름 멍석 위 어머니 밥상
자글자글 끓고 있는 된장찌개 풋고추 넉넉히 넣고
입맛 살리려 고추장에 찍어 먹고
빨간 고추 갈아 넣고 풀국으로 익힌 구수한 열무김치
집간장에 무친 구수한 고추찜
장항아리 속 고추지는
어둠 속에서 생명을 낸다

어머닌 항아리 나도 항아리 되어 간다

햇차 만나다

비온 후 찻잎 향은 엷다는데
새벽녘 봄비가 차밭에 내린다
비 갠 후 비탈길 차밭에 올라 반짝이는
연한 녹색 순을 따다
무쇠솥에 촉촉한 파란 잎 보슬히 덖은 햇차

엄마의 자궁 속 아가의 탄생을 기다리듯
둥근 다관에 따뜻이 든 찻잎에
부드럽게 떨리는 달빛 정적 고요가
파르스름 엷은 녹색 풋 향 우려내다
아가의 젖내음을 솔솔이며
찻잔에 쪼르륵 떨어지는 기도의 눈물
고요 속 달고 쌉싸름한 맛이 오래 깊다

촉촉하고 청아한 봄비가 조용히 다시
내린다 곡우절에
공들여 찧어서 작게 빚은 떡차
잘 말려지시길

과일 장수

뜨겁게 쏟아지는 태양
텃밭 덤불에서 딴
나이롱 노랑참외
주먹만 조막만 밤톨만 한 것
별별 열매 시원히 냇물에 띄워
속씨와 함께 베어 물면
흙밭의 달고 아짝한 외 맛
얌전히 담아 접시에 담기면
속 없는 미인 같다

내가 장사를 한다면
길에서 과일을 팔겠다
물속에 텀벙 담가 두고 그냥 민낯으로

아파트 나오면 노모와 함께하는
중년남자 과일전이 있었다
펼쳐 놓은 과일 다 자식인데
요놈은 달지 않고 요놈은 푸석이고

요놈은 지지하니 요놈을 사세요
한 집안에 자식을 경쟁시킨다
뭔지 난 불편했고
다섯 손가락 깨물어 봤다

뿌리 속 김장

음식 안엔 하늘 같은 식구가 있다
조선시대 안동 광산 김씨 댁은 어머니의 건강을 걱정하여
황육 세 근, 가리 네 개 반
안동 임하면 김씨 종택은 남편과 아내가 떨어져 살며
가물치 고등어 굴젓 개고기 쇠머리가죽 갓김치 더덕
고추장 된장 즙장 밤 인삼 등을 주고받았다

오색 낙엽이 다 떨어진 김장철
내 나라 내 땅 고요 없던 땅 우리나라
옆집 앞집 품앗이로 다듬고 절이고 양념해서 소 넣고
땅속 묻은 독에 익혀 다독이며 먹던 김장김치
꽁꽁 겨울철 내내 반양식
고춧물에 화끈 쩍쩍 갈라지던 어머니의 손

오늘도 우체국엔 김장김치가
변치 않는 삭아 가는 어머니의 사랑으로
빨간 진한 김칫국이 터져서 흘러넘친다

한식에 성묘

맑고 밝은 청명절
죽은 자가 이리도 많은가
산 사람보다 많다
울긋불긋 소화로 피어난 동네
하늘과 맞닿은 광활한 공원묘지

주 과 포 불을 쓰지 않는 음식 올리는 냉절
볼 수 없다는 그 슬픔
파란 하늘에 구름이 흐른다
따스한 봄볕에 쑥떡 쑥국 쑥차
시할머니 시어머니 나
삼대의 밥상을 추억하며
바닥에 음식 내려놓고 드시고
고기반찬 먹으려는 나에게
눈치 주시던 옛 여인이 그립다

죽은 자들의 공원묘지
둥근 새집이 자꾸 들어서는 동네

내 조상님 댁이 어디인가

손톱 칭송

거칠은 구운 맛 뚝배기 달걀찜
눌어붙은 것 물 부어 한숨 기다렸다
손톱이 수세미 되어 긁어 씻는다
음식 만들 땐 칼로 베일까 방패 되어 주고
마늘 양파 석이버섯 껍질 벗길 때
손톱 밑 알알하고 물들어 까만 반달 된다

주인 닮은 부끄러워하는 착한 손톱
닳아 닳아 내 등 뒤로 숨으려 한다
손톱에 맘 넣은 위대한 하느님
그 섬세함 사랑스러움 마디에 붙어 찌그러지려 하는
내 손톱에 희망을 주소서

4부
꼬르륵 꾹

대구탕

옛날 동지엔 서당에서 그릇 밑에 사금파리로 자기 이름을 새긴 놋대접에
어미들이 만든 팥죽과 대구국으로 잔치를 했다는데

허름한 골목길에 옴팡집
점심때 추워서 동동이며 줄이 길다
삼각지 대구탕집
양은 냄비에서 비릿한 뿌연 김이 부글부글 끓으며 날린다
입 큰 대구 큼직큼직 토막 치고 이리 고니 무 콩나물 고춧가루양념
붉고 달큰하고 시원한 국물 시끌시끌 끓고 있다
비좁은 생선탕집 노인은 친구들이 지하철에서 내려 헤매는가
막걸리만 마시며 눈치 받고
두 연인은 소주와 함께 고소히도 먹고
직장동료들은 허기진 듯

국물에 밥 넣고 대구모젓 김가루 들기름을 넣고 쓱쓱 비벼 왕성하게도 먹는다

대구탕집 아줌마들은 툭툭 퉁명하게 조선족 말씨로 그릇을 내던진다
전쟁통에서 얻어먹은 밥에 돈 주고 나온다

오늘 캄캄한 밖은 꽁꽁 춥다
눈 내리는 우는 소리가 사각사각
대구탕에 와서 녹는다

초파리

부뚜막에 조왕신과 촛병에 초파리 밤낮으로 날아 집안을 지키니
우리 식구 눈이 찔끔이는 신맛에 눈에 환하다
성질이 온하고 독 없이 익어진 초 맛처럼
지붕 위엔 항상 태양의 운기가 집안을 감싸고 화평하다

습기 차고 무더운 날이니 잘 뜨겠어요
정화수 철렁이는 물동이 이고 가는 여인
그림처럼 예쁘기도 하고 고슬고슬 찐 밥 한 덩이 잘 삭고 있나
마음은 동이 속에 있고 귀신이 운감할까 멀리 가라며 빌고 빌어요

식초를 정성껏 만들던 그 할머니는 불천지위
지금도 300여 년 동안 식초 놓고 제사를 모신다오

'내가 눈이 어두워 간신히 썼으니
자손들아 이 음식디미방 갖고 가지 말고 상치 않게 벗겨 가거라'

* 1680년 안동 장씨 댁 초 담그는 법
유월유두날 밀 쪄서 닥 잎 덮어 띄워 말려
칠월 초하루 새벽 물 한 동이 길어 쌀 담가 두었다가 고두밥 쪄서 누룩 한 되 밀 세 되 밥 더울 때 넣고 물 한 동이 붓고 청 헝겊 생삼실로 싸매 두고 칠일 만에 동으로 뻗은 복숭아가지를 꺾어 들이쳐 두면 잘 익은 식초병에 초파리 날리니 맛있게 익었구나

고기구이

조선시대 성협의 야연을 그림으로 읽다
불꽃 활활 일은 화롯불 위 벙거지 꼴 엎은 모양 전골틀에 고기 버섯 굽고
움푹 들어간 곳에선 장국이 끓고 있다
도포 입은 갓 쓴 양반 상복 입은 남자 복건 쓴 총각 두 손으로 고기 뜯고 갓 쓴 양반 사양하듯 약주를 빗겨 드신다
고기구이 산천 돌며 풍류로 멋지더니

지금 한국 땅 고깃집은 가든이라 불리고
신토불이 한우고기 먹자 붉은 띠 두르고 소 끌고 온 사람들 시청을 메우고
이 집 저 집 숲 속 물가 산천 삼겹살 굽는 냄새 너울거린다
맑은 하늘에 싸나운 마음 되어 검은 먹구름을 덮는다

바람 좋은 날 낮에 죽은 듯이 잠들었다

소의 눈이 보였다

추어탕

어제 친구 집 추어탕 먹으며 슬퍼서 제 맛을 모르고
그것들의 사라짐에 자꾸 목이 메어 온다

진흙 속, 도랑에선가 요동치던 미꾸라지
호박잎 소금을 쳐서 미끄러운 점액 떼고 푹 삶아 갈아서 체에 내린다
고기국물에 된장 토란줄기 숅음배추 방아잎 풋고추 부추 산초
비릿함 흙맛 없이 알싸한 맛 뚝배기에 뜨거웠다

팔랑이던 교정의 노랑나비들 꿈을 꾸며 높이 날다가
한 마리 날개가 부서지며 빼빼한 나뭇가지에 붙어
홀연히 사라지려 한다
뭉크의 뚫린 입이 절규하며 열려 있다
친구가 보고 싶어도 볼 수 없는 먼 곳으로 갔다

뷔페음식

큰 접시 들고 왔다 갔다
먹고 싶은 음식 고루 담다 보니 산처럼 쌓였네
위는 위대하다 또 먹고 또 먹고
음식을 들고 다니며 먹는 것 예의가 아니라고
어머닌 뷔페식을 아니 좋아 하셨다

오월은 가정의 달
삼대가 함께 밥 먹는 뷔페음식
두레반에 차린 것 같다 떡 케이크 갈비구이 스테이크 빈대떡 피자
죽 스프 샐러드 김치 주스 커피

세월 따라 가는 음식에 어머닌 멀리서 안타까워하신다
집에서 밥 안 하고 모두 나와 먹는다고
위아래가 없다고

도문대작(屠門大嚼)

소가 트럭에 실려 흔들리며 도살장으로 간다

"신해년 1611 4월 21일 惺惺居士 쓰다
내가 죄를 짓고 바디로 유배되었을 적
먹지 못하여 굶주린 배로 밤을 지새울 때면
산해진미도 물리도록 먹어 싫어하던 때를
생각하고 침을 삼키곤 하였다"
"먹는 것에 너무 사치하고 절약할 줄 모르는
부귀영화는 이처럼 무상할 뿐"

먹는 것의 천국

병원에 가서 위장을 내시경으로 디다보니
말랑이는 점막의 실핏줄이 연하디 연하다
소식하고 억세고 자극적 음식은 피하는 것
나의 밥통 대접이 아니던가

오늘 저녁 한 끼는 굶어야겠다

오이소박이

입맛 없을 때
불현듯 먹고 싶은 별미김치
물 말은 밥과 먹으면
아작 아작 비릿한 풀밭 해삼 오이
입맛 따라 싱싱한 풋 맛으로 먹기도 하고
눈살을 찌푸릴 정도 신맛이 되면
뜨거운 밥에 비벼 먹어도 그만
아이고 침 나오네
이것이 소화제

끄트머리에 암꽃 싱싱한 오이
칼집 넣어 절여
부추 송송 고춧가루 양념해서
넉넉한 소 만들어 칼집 속에 채워 넣고
남은 양념 열무 절임에 무쳐서
소박이와 함께 김치 통에 담아 두면
서로 소통하며 더 맛있는 맛이 난다

얼음

꽁꽁 추운 겨울
영등포 한강 얼음판 위
참담한 피난민 시절
씨잉 씽 스케이트 달리던 우리
세월은 가고
변함없이 추운 겨울
한강 얼음은 언다

한여름 무더위 팥빙수
빙산 얼음가루 높이 쌓아
삶은 팥 찰떡 우유 빙수
사각사각 겨울 왔다

한겨울 한강얼음 반듯이 잘라
동빙고엔 제사용
서빙고엔 왕실주방 관리댁 병나고 큰일 칠 때
음식 상치 말라 내리셨다

참 잘 산다

우리 지금

냉장고 버튼 누르면 얼음이 쏟아진다

가자미식해

짠맛 바다 밑을 헤엄치다 속초 시장 수족관에서
그날로 서울 어느 부엌에 들었다
미끄럽고 주둥이가 작고 뾰쪽한 나 참가재미
소금 져서 꾸둑꾸둑할 때 작게 잘라
다진 마늘 고춧가루 조밥과 버무려 3일쯤 두고
절여 꼭 짠 납작 무채와 섞어 단지에 삭혀
가자미식해 되다

작게 납작 엎드려 오른쪽에만 두 눈을 달고
바다 밑에서 먼 하늘만 보고 살았다
이제 따끈한 밥 친구로 발그스름 새콤함을 들이며
생선무김치가 맛있게 잘도 삭혀졌다
누구의 목줄기를 타고 캄캄히 내려갔다

서더리탕

싱싱한 흰 살 생선 민어 도미 광어 우럭
회 쳐서 먹고
머리 꼬리 등뼈 껍질 내장 매운탕 끓이면
서더리탕 서덜

끓는 매운 장국에
무 생선서덜 고춧가루 넣고 끓여 내면
빨간 기름이 위에 동동
뜨끈하고 매콤하고 고소하고 달큰한 맛이다

불교 티비 한복선의 전통음식
마지막 백팔 회로 끝내는 날
흰 살로 어만두
나머지로 서더리탕을 끓였다
백팔 가지 번뇌가
내 안에 있음을 자각하면서

버려지는 먹을 것

잘 살게 되니 먹을 것이 넘쳐난다
내 손으로 키우지 않고 만들지 않았다
돈 주고 쉽게 사서 음식 귀한지 몰라
쓰레기통엔 버려진 음식이 산더미

버린 만큼
다음 세상에서 굶을 것이다

이제 겨우 제 손으로 밥 먹는 손주
유치원에서 잔반 도우미를 한단다
밥상교육
잘 먹겠습니다
남기지 말고 깨끗이 다 먹을 것 조금만 담아 주자
그리고 잘 먹었습니다

신부의 두레반

1971년 겨울
시집가서 먹던 불 땐 가마솥 밥
매운 연기 속에 솥뚜껑을 비집으며
눈물 콧물 맛있는 귀한 밥물 흘린다
곁에 화롯불 새색시 석쇠에 김 굽고
어머닌 큰 밥주걱 물에 적셔 부뚜막에 올라서
시할머니 아버님 순서로
놋주발에 뜨거운 밥 살살 퍼 담는다

아버님 독상에 신랑이 겸상하고
다 드신 후 시할머니 시어머니 나 며느리
그 상에서 밥 먹었다
시할머니 밥그릇 방바닥에 내려 잡숫고
맛있는 반찬 아래로 감추신다
얼마 후 남자 둘 여자 셋
두레반에서 먹게 되었다
개혁의 군자 양조장집이다

꼬르륵 꼭

영등포 전쟁 후 나
막걸리 심부름하고 술찌개미 달고 새콤해서
아득하니 벌건 얼굴에 기분 좋았다

시집 간 양조장 집
하얀 김이 무럭무럭 난다
앞마당 멍석 위 고두밥 식히고
어둡고 눅눅한 찬 기운에 푹 꺼진 술광
아주 큰 독 줄지어 술이 익는다
서로 취하여 꼬르륵 꼭
뽕뽕이며 술이 익는다

수박화채

수박덩이 초록 줄무늬 옷 입고
우주 안 세상 운기 다 먹은 빨간 해
까망 씨 흑점 총총히 박히다

시침바늘로 콕콕 떼어 낸 얼음이 동동이는 수박
화채
떠오르는 빨간 해 빙하의 바다에
으름장 바람이 일고 있다

애야 얼음 사오너라 새끼줄 묶인 얼음덩이
뜨거운 기운에 줄줄 땀 흘리고
먹는 나 목마름에 헌신한다

사진 속 음식

자 웃으세요 김치~ 치즈
찰깍 그 순간의 입꼬리 인증샷처럼
바글바글 구수한 뚝배기찌개
놋그릇에 김 오르는 따끈한 설렁탕
지글지글 지져 낸 고소한 빈대떡
윤기 자르르 흐르는 주발에 밥
자 찍습니다
표정을 잡으려면 벌써 윤기 맛 색 모두 변해서
또다시 데우고 끓이고 지져 낸다

음식은 혼이 빠진 음식으로 사진과 그림으로 남는다
긴 대롱으로 담배연기 뿜고 붓으로 기름 발라 윤기 내고
철렁이는 육개장 흔들리고 국수는 시간 지나 퉁퉁 불고
참으로 미련한 생생한 음식으로 남기려는 작업이었다

나는 지금 그리움의 두레박으로 우물 속 음식만 건진다

요리 사진이 반짝 반짝 빛나다

가짜가 진짜 같다

눈썹나물

궁중 수랏상에 올려진
초승달 애호박 눈썹나물
얌전하게 은 쟁첩에 담겨 마마께 여름을 보인다
구중궁궐 12첩 반상
각 지방의 계절특산품 올린 보고서다

우리 집 밥상 반달 모양 호박젓국볶음
음식 안에 달이 보인다
요즘 애호박은 온실에서
비닐주머니에 꼭 묶여
예쁘게도 컸다
코르셋 입고 다이어트 한
건강 없는 인공 미인처럼

장아찌의 길

장아찌는 갈 길을 잃었다
철철마다 깻잎 매실 더덕 마늘 곰취 오이 무 도라지 고추
된장 간장 고추장에 박아 두고 노르스름 삭아 맛 들다

따끈한 밥 물 말은 밥에 한 점
항아리 짭짤한 맛
고소함으로 입안에 침이 돈다

두고두고 먹는 장아찌
가난처럼 서럽고
도시에 묻힌 별처럼 사라지려 한다
영혼이 깃든 감칠맛 나는 장아찌
나는 네가 빛나는 사랑의 양념처럼 맛있다
캄캄한 고향의 밤하늘 별처럼

음식 시집 3집을 내며

음식 하는 사람이니까, 음식 글을 쓰니까 당연하지만
막상 첫 번, 두 번째 음식 시집과는 달리 겁이 나고 부끄러움이 앞선다.

오늘도 저녁은 무얼 해 먹을까?
평생을 이 걱정하는 보통 여자로 생을 보내면서
그냥 하나의 단편영화를 구성하듯
나의 실제의 배경에 자연과 사람, 역사와 인정과 추억, 매일 먹는 음식의 맛과 멋을 맛있게 버무리는 방법까지 담았다.
감추는 감성의 시인 문장처럼 시의 특성이 빠진 듯 씌어져서
70세가 된 나 스스로 나는 철 안 든 아이 같다.

복숭아가 열린다.

생명의 이어짐의 순리, 가고 오는 사람의 관계

명리학이 여기 있다.

복 福 착할 善에

2018년 5월

海鼎 韓福善

한복선 음식 시집 3
복숭아가 열린다

글·그림 | 한복선

편집 | 김연주 이희진　　디자인 | 양혜민
마케팅 | 이승순 이진목 박미진　　경영관리 | 강미선

인쇄 | HEP

초판 인쇄 | 2018년 4월 25일
초판 발행 | 2018년 5월 3일

발행인 | 이진희
발행처 | 에르디아

주소 | 서울시 강남구 광평로 295, 사이룩스 서관 1302호
전화번호 | 대표번호 02-540-5192
영업부 02-540-5193
편집부 02-544-5922 / 544-5944
FAX | 02-540-5194
등록번호 | 제 2011-000104
홈페이지 | www.leescom.com

ISBN 979-11-5616-149-3 03810
책값은 뒤표지에 있습니다.

* 에르디아는 'Ernst Dialog(진실한 대화)'의 약자로, 도서출판 리스컴의 인문·문학 분야 브랜드입니다.
진실을 담은 책, 마음을 살찌우는 책들로 독자 여러분께 더 가까이 가겠습니다.